Truman Capote

Eine Weihnacht

Truman Capote

Eine Weihnacht

Aus dem Amerikanischen von
Hans Wollschläger

Droemer

Originaltitel: *One Christmas*
Originalverlag: Random House Inc., New York

Die Folie des Schutzumschlags sowie die Einschweißfolie sind PE-Folien und biologisch abbaubar. Dieses Buch wurde auf chlor- und säurefreiem Papier gedruckt.

Vollständige Ausgabe 1998

Umschlaggestaltung: Agentur Zero
Umschlagfoto: Bavaria, Gauting
Satz: Ventura Publisher im Verlag
Druck und Bindung:
Franz Spiegel Buch GmbH, Ulm
Printed in Germany
ISBN 3-426-19477-5

2 4 5 3 1

Eine Weihnacht

Für Gloria Dumphy

9

Vorab einen kurzen autobiographischen Prolog. Meine Mutter, eine ausnehmend intelligente Person, war das schönste Mädchen in Alabama. Das sagten alle, und es war auch wahr; und als sie sechzehn wurde, heiratete sie einen achtundzwanzigjährigen Geschäftsmann, der aus guter Familie in New Orleans kam. Die Ehe dauerte ein Jahr. Meine Mutter war zu jung, um Mutter sein zu können oder Ehefrau; sie hatte auch zuviel Ehrgeiz – sie wollte aufs College und Karriere machen. Folglich verließ sie ihren Mann; und was mich betraf, so löste sie das Problem, indem sie mich der Obhut ihrer großen Familie in

Alabama anvertraute. Jahrelang bekam ich von meinen Eltern nur selten etwas zu sehen. Mein Vater war in New Orleans beschäftigt, und meine Mutter brachte es, nachdem sie ihr Abschlußexamen am College bestanden hatte, auf eigenen Füßen in New York zu Erfolg. Soweit ich betroffen war, hatte diese Situation gar nichts Unangenehmes.

Ich war glücklich, wo ich aufwuchs. Ich hatte viele liebe Verwandte, Tanten und Onkel, Vettern und Cousinen, und besonders lieb war mir *eine* Cousine, eine ältere, weißhaarige, leicht verkrüppelte Frau namens Sook. Fräulein Sook Faulk. Ich hatte auch noch andere Freunde und Freundinnen, aber sie war bei weitem meine beste.

Sook war es auch, die mir vom Weihnachtsmann erzählte, von seinem wallenden Bart, seinem roten Mantel, seinem klingelnden, mit Geschenken beladenen Schlitten, und ich glaubte ihr, genauso wie ich glaubte, daß alles Gottes Wille war – oder des Herrn Wille, wie Sook immer sagte.

Ob ich mir die Zehen stieß oder vom Pferd fiel oder einen großen Fisch fing im Bach – nun, ob gut oder schlimm, es war alles des Herrn Wille. Und eben das sagte Sook auch, als sie die Schreckensnachricht aus New Orleans bekam:

12

Mein Vater wünschte, daß ich zu ihm fuhr, um die Weihnachtstage bei ihm zu verleben.

13

Ich weinte. Ich wollte nicht weg. Ich war noch nie aus der kleinen, abgelegenen Stadt in Alabama hinausgekommen, umgeben von Wäldern, Farmen und Flüssen. Ich war noch nie schlafen gegangen, ohne daß Sook mir mit dem Kamm ihrer Finger durchs Haar fuhr und mir den Gutenachtkuß gab.

Dann hatte ich auch Angst vor Fremden, und mein Vater war ein Fremder. Ich hatte ihn wohl mehrmals gesehen, aber die Erinnerung daran lag wie unter einem Schleier; ich hatte keine Ahnung, was für ein Mensch er war.

Aber Sook sagte: »Es ist des Herrn Wille. Und wer weiß, Buddy,

vielleicht kriegst du Schnee zu sehen!«

Schnee! Bis ich selber lesen konnte, las Sook mir immer viele Geschichten vor, und in fast allen gab es jede Menge Schnee. Wirbelnde, blendend weiße Märchenflocken. Ich träumte davon; sie waren etwas Magisches und Geheimnisvolles, das ich gern sehen wollte und fühlen und anfassen.

Natürlich hatte ich nie Gelegenheit dazu gehabt, sowenig wie Sook; wie konnten wir auch, wo wir in einer so heißen Gegend lebten wie Alabama? Ich weiß nicht, warum sie meinte, ich würde in New Orleans Schnee zu sehen bekommen, denn New Orleans ist ja eher noch heißer. Nun, egal. Sie versuchte einfach, mir Mut zu machen für die Reise.

Ich bekam einen neuen Anzug. Auf dem Revers war eine Karte befestigt, darauf standen mein Name und meine Adresse. Das war für den Fall, daß ich abhanden kam. Denn sehen Sie, ich mußte die Reise doch allein machen. Mit dem Bus. Nun, und alle waren der Ansicht, daß mir mit so einem Schildchen nichts passieren könnte. Alle außer mir selber. Ich hatte eine Heidenangst – und eine Wut dazu. Wut auf meinen Vater, diesen Fremden, der mich zwang, mein schönes Zuhause zu verlassen und die Weihnachtstage fern von Sook zu verbringen.

Die Entfernung betrug vierhundert Meilen, ungefähr so. Mein erster Aufenthalt war in Mobile. Da mußte ich umsteigen, und dann ging es ewig und endlos durch sumpfige Gegenden und an der Meeresküste entlang, bis wir in einer lauten Stadt ankamen, in der es nur so klingelte von Straßenbahnen und wimmelte von gefährlichen, fremdländisch aussehenden Leuten.

Das war New Orleans.

Und urplötzlich, kaum daß ich aus dem Bus gestiegen war, riß mich ein Mann in die Arme und quetschte mich, daß mir die Luft wegblieb; er lachte, er weinte – ein hochgewachsener, gutaussehender Mann, der lachte und weinte.

Er sagte: »Kennst du mich denn nicht? Erkennst du deinen Papi denn nicht wieder?«

Ich war sprachlos. Ich brachte kein Wort heraus, bis wir schon eine ganze Weile in einem Taxi fuhren; da fragte ich: »Wo liegt er?«

»Was, wer – das Haus? Es ist nicht mehr weit.«

»Nicht das Haus. Der Schnee.«

»Was für Schnee denn?«

19

»Ich dachte, hier liegt jede Menge Schnee.«

Er sah mich verdutzt an, aber dann lachte er. »Schnee hat's noch nie gegeben in New Orleans. Jedenfalls hab' ich nie davon gehört. Aber spitz mal die Ohren. Hörst du den Donner? Es gibt mit Sicherheit noch Regen!« Ich weiß nicht, was mich am meisten ängstigte, der Donner, das zischende Zickzack der Blitze, denen er folgte – oder mein Vater. Am Abend, als ich zu Bett ging, regnete es immer noch.

Ich sagte meine Gebete auf und betete, daß ich bald wieder zu Hause wäre, bei Sook. Ich wußte nicht, wie ich überhaupt einschlafen sollte, ohne daß Sook mir den Gutenachtkuß gab. Tatsächlich konnte ich auch nicht einschlafen, und so fing ich an, mir Gedanken zu machen, was mir der Weihnachtsmann wohl bringen würde. Ich wünschte mir ein Messer mit einem perlenbesetzten Griff. Und ein großes Puzzlespiel. Einen Cowboyhut mit passendem Lasso. Und ein Luftgewehr zum Spatzenschießen. (Jahre später, als ich dann wirklich ein Luftgewehr hatte, schoß ich eine Spottdrossel und eine virginische Wachtel, und ich vergesse nie die Reue, die mich befiel, die tiefe Bekümmerung; ich habe nie wieder etwas getötet, und jeder Fisch, den ich fing, flog zurück ins Wasser.) Und einen Kasten Buntstifte wünschte ich mir. Und vor allen Dingen ein Radio; aber ich wußte, das war unmöglich: ich kannte keine zehn Leute, die ein Radio besaßen. Sie müssen bedenken, es war die Zeit der Depression, und da unten im tiefen Süden gab es nur ganz selten mal ein Haus, das mit einem Radio oder Kühlschrank ausgerüstet war.

Mein Vater hatte beides. Er schien überhaupt alles zu haben – ein Auto mit einem Klappsitz hinten,

ganz zu schweigen von dem hübschen kleinen alten rosa Haus im Französischen Viertel, mit seinen schmiedeeisernen Balkonen und dem verschwiegenen Patio-Gärtchen, bunt schillernd von Blumen und gekühlt von einem Springbrunnen in Gestalt einer Wassernixe. Außerdem hatte er ein halbes Dutzend – ich würde sagen, ein ganzes Dutzend – Freundinnen. Wie meine Mutter hatte auch mein Vater nicht wieder geheiratet; aber sie beide wurden entschieden umschwärmt und gingen schließlich, ob freiwillig oder nicht, den Weg zum Altar – mein Vater tatsächlich sechsmal.

Woraus Sie sehen können, daß er

Charme gehabt haben muß; und in der Tat schien er auch die meisten Leute zu bezaubern – alle nämlich außer mich. Das lag daran, daß er mir eher auf die Nerven ging, weil er mich unentwegt zu seinen Freunden mitschleifte, von seinem Bankier angefangen bis hin zu dem Barbier, der ihn jeden Tag rasierte. Und natürlich zu seinen sämtlichen Freundinnen. Und das schlimmste war: die ganze Zeit tätschelte und küßte er mich ab und gab mit mir an. Ich fühlte mich so verlegen wie nur was. Schließlich hatte ich nichts an mir, womit man hätte angeben können. Ich war ein richtiger Junge vom Lande. Ich glaubte an den Herrn Jesus und

sagte gläubig meine Gebete auf. Ich wußte, daß es den Weihnachtsmann gab. Und zu Hause in Alabama trug ich nie Schuhe, außer wenn ich zur Kirche ging, im Winter wie im Sommer.

25

Es war die reinste Quälerei, wie ich jetzt durch die Straßen von New Orleans geschleppt wurde – in meinen neuen festgeschnürten, höllisch heißen, bleischweren Schuhen. Aber ich weiß nicht, was schlimmer war – die Schuhe oder das Essen. Daheim bei uns war ich gebratene Hähnchen gewöhnt und Kohlgemüse und Butterbohnen und Maisbrot und andere tröstliche Sachen. Aber diese Restaurants hier in New Orleans! Nie werde ich meine erste Auster vergessen; es war wie ein Albtraum, als sie mir die Kehle hinunterglitt; es hat Jahrzehnte gedauert, bis ich wieder eine geschluckt habe. Und dann

die ganze scharfgewürzte kreolische Küche überhaupt – wenn ich nur daran denke, bekomme ich Sodbrennen. Ach nein, ich sehnte mich nach Plätzchen, warm aus dem Ofen, nach Milch, frisch von der Kuh, und nach hausgemachtem Sirup, direkt aus dem Eimer.

Mein armer Vater hatte keine Ahnung, wie elend mir zumute war, teils weil ich's ihn nie sehen ließ und es ihm gewiß nie sagte, teils weil er es gegen den Einspruch meiner Mutter fertiggebracht hatte, auf die Dauer dieser Weihnachtsferien das gesetzliche Sorgerecht für mich zu bekommen.

Immerzu bohrte er: »Sag mal ganz ehrlich: Willst du nicht für immer herkommen und hier bei mir leben in New Orleans?«

»Ich kann nicht.«

»Was meinst du damit – du kannst nicht?«

»Ich vermisse Sook. Ich vermisse auch Queenie; wir haben einen kleinen Drahthaarterrier, ein lustiges Dingelchen. Aber wir haben es beide lieb.«

»Hast du mich denn nicht lieb?« fragte er.

Ich sagte: »Doch.« Aber die Wahrheit war, über Sook hinaus und Queenie und ein paar Vettern und Cousinen und ein Bild von meiner schönen Mutter neben meinem Bett hatte ich keine Ahnung, was Liebhaben hieß.

28

Ich fand es bald heraus. Am Tag vor Weihnachten, als wir die Canal Street entlanggingen, blieb ich auf einmal wie angewurzelt stehen, gebannt von einem magischen Gegenstand, den ich im Schaufenster eines großen Spielzeugladens erblickte. Es war ein Modellflugzeug, groß genug, daß man drin sitzen konnte, und mit Pedalen wie bei einem Fahrrad. Es war grün und hatte einen roten Propeller. Ich war überzeugt, daß es, wenn man nur schnell genug trampelte, abheben würde und fliegen! Das wäre eine Sache gewesen! Ich sah im Geiste schon meine Vettern und Cousinen unten am Boden stehen, während ich

durch die Wolken segelte. Von wegen Bübchen! Ich mußte lachen; ich lachte und lachte. Es war das erstemal, daß ich etwas tat, was meinen Vater zuversichtlich stimmte, obwohl er gar nicht wußte, was mir so lustig vorkam.
An dem Abend betete ich, daß der Weihnachtsmann mir doch das Flugzeug bringen möchte.
Mein Vater hatte bereits einen Weihnachtsbaum gekauft, und wir stöberten stundenlang im Kaufhaus und suchten die Sachen aus, mit denen wir ihn schmücken wollten.
Dann beging ich einen Fehler. Ich stellte das Bild meiner Mutter unter den Baum. Mein Vater sah es, wurde im selben Moment kreide-

weiß und fing an zu zittern. Ich wußte nicht, was ich machen sollte. Aber er wußte es. Er ging an einen Schrank und nahm ein großes Glas und eine Flasche heraus. Ich erkannte die Flasche, weil alle meine Onkels in Alabama eine Menge von der gleichen Art hatten. Prohititions-Fusel. Er füllte das große Glas und trank es aus, fast ohne abzusetzen. Danach war es, als sei das Bild verschwunden.

Und so wartete ich auf den Heiligen Abend und auf die immer aufregende Ankunft des dicken Nikolaus. Natürlich hatte ich nie gesehen, wie so ein klingelnder und wohlbeleibter Riese durch den Kamin gefahren kam und seine guten Gaben unter dem Weihnachtsbaum verteilte. Mein Vetter Billy Bob, der ein tückischer kleiner Knirps war, aber ein Köpfchen hatte wie eine eiserne Faust, der sagte einmal, das wäre alles ein ausgemachter Schwindel, und so einen Mann, den gäb's überhaupt nicht.

»Ach du dickes Ei!« rief er. »Wer an den Weihnachtsmann glaubt, dem kann man auch weismachen,

daß ein Esel ein Pferd ist!« Unser Streit fand auf dem winzigen Rathausplatz statt. Ich sagte: *»Es gibt einen Weihnachtsmann, denn was er macht, das ist des Herrn Wille, und was des Herrn Wille ist, das ist die Wahrheit.«* Worauf Billy Bob nur ausspuckte und mit den Worten davonschritt: »Na schön, sieht so aus, als hätten wir einen neuen Pastor in der Familie.«

Ich schwor mir immer, nicht einzuschlafen am Heiligabend; ich wollte das stolze Tänzeln der Rentiere hören auf dem Dach und rechtzeitig unten am Kamin stehen, um dem Weihnachtsmann die Hand zu geben. Und an diesem speziellen Heiligabend konnte, so dachte ich mir, nichts leichter sein, als wach zu bleiben.

Das Haus meines Vaters hatte drei Geschosse und sieben Zimmer, einige davon sehr groß, besonders die drei, die auf den Patio-Garten hinausgingen: ein Wohnzimmer, ein Eßzimmer und ein »Musikzimmer« – das letztere für Leute, die gern tanzen und Karten spielen wollten. Die beiden Stockwerke

oben hatten umgitterte Balkone, deren dunkelgrüne eiserne Kniffligkeiten durchrankt waren von Bougainvillea und den sich kräuselnden Reben der scharlachroten Spinnen-Ragwurz – einer Pflanze, die aussieht wie ein Gewimmel von Eidechsen, die ihre roten Zungen schnellen lassen Es war ein Haus, das sich sehen lassen konnte: lackierte Böden – hier ein paar Korbmöbel, dort etwas Samt. Man hätte es fälschlich für das Haus eines reichen Mannes halten können; es war aber eher die Wohnung eines Menschen, der ein Bedürfnis nach Eleganz hatte. Für den armen (aber glücklichen) barfüßigen Jungen aus Alabama blieb es ein Rätsel, wie er es fertigbrachte, dieses Verlangen zu befriedigen.

Für meine Mutter freilich war das kein Rätsel; sie wußte nach dem Abgang vom College ihre Magnolien-Gelüste voll auszuleben, indem es ihr in New York immer wieder gelang, einen passenden Verlobten zu finden, der sich Sutton-Place-Apartments und Zobelmäntel leisten konnte. Nein, meines Vaters Ressourcen waren ihr durchaus vertraut, obwohl sie erst viele Jahre später davon sprach, lange nachdem sie sich in den Besitz diverser Perlenketten gebracht hatte, die an ihrem zobelumhüllten Hals glänzten.

Sie war zu mir zu Besuch gekommen in das snobistische Internat in New England, in das sie mich (auf Kosten ihres reichen und freigebigen Ehemannes) gegeben hatte, und da hatte ich wohl irgend etwas gesagt, was sie in Wut brachte; jedenfalls schrie sie mich an: »Dann weißt du wohl nicht, woher sein bequemes Leben kommt? Wieso er Yachten chartern und zwischen den griechischen Inseln kreuzen kann? Seine *Weiber!* Überleg mal, was das für eine lange Kette gibt! Alles Witwen. Alle reich. *Sehr* reich. Und alle viel älter als er. Zu alt zum Heiraten für jeden jungen Mann, der noch einigermaßen klar im Kopf ist. Deshalb bist du auch sein einziges Kind. Und deshalb auch werde ich nie ein zweites Kind haben – ich war zu jung, um überhaupt Babys zu kriegen, aber er war ein Biest, ein Monstrum, er hat mich zugrunde gerichtet, er hat mich ruiniert ...!«

Ein Gigolo, he, wo immer ich geh', da starren die Leute mich an ... Oh, der Mond, oh, der Mond über Miami ... Dies ist mein erstes Verhältnis, also sei nett zu mir ... He, Mister, ha'm Se nich 'n kleenen Zehner für mich? ... Ein Gigolo, he, wo immer ich geh', da starren die Leute mich an ...

Die ganze Zeit, während sie sprach (und ich versuchte, nicht hinzuhören, denn indem sie mir erzählte, daß meine Geburt sie zugrunde

gerichtet hätte, richtete *sie* mich zugrunde) – die ganze Zeit schwirrten diese Melodien mir durch den Kopf, diese oder ähnliche. Sie halfen mir, nicht hinzuhören, und sie erinnerten mich an die seltsame, gespenstische Party, die mein Vater an jenem Heiligabend in New Orleans gegeben hatte.

Im Patio brannten überall Kerzen, genauso auch in den drei Zimmern, die an ihn grenzten. Die meisten Gäste waren im Wohnzimmer versammelt, wo ein gedämpftes Feuer im Kamin den Weihnachtsbaum glitzern ließ; aber viele andere tanzten im Musikzimmer und im Patio nach den Klängen eines aufziehbaren Grammophons. Nachdem ich den Gästen vorgestellt worden war, mit viel Aplomb und Getue, wurde ich nach oben geschickt; aber von dem Söller vor der Jalousietür meines Schlafzimmers konnte ich die ganze Party beobachten. Ich sah, wie mein Vater eine graziöse Dame im Walzer um das Bassin

schwenkte, das den Wassernixenbrunnen umgab. Sie hatte wirklich Grazie und trug ein silbriges Flitterkleid, das im Kerzenlicht schimmerte; aber sie war alt – mindestens zehn Jahre älter als mein Vater, der damals fünfunddreißig war. Mir wurde plötzlich bewußt, daß mein Vater bei weitem der Jüngste war auf dieser ganzen Party. Keine der Damen, so bezaubernd sie auch wirkten, war jünger als die biegsame Walzertänzerin. Dasselbe galt für die Männer, von denen viele süßlich duftende Havannazigarren rauchten; gut jeder zweite von ihnen war alt genug, daß er der Vater meines Vaters hätte sein können.

Dann sah ich etwas – das riß mir die Augen auf. Mein Vater und seine agile Partnerin hatten sich in eine Nische getanzt, die von scharlachroter Spinnen-Ragwurz überschattet wurde; und sie umarmten sich, küßten sich. Ich war so verwirrt, ich war so *zornig* darüber, daß ich in mein Schlafzimmer zurücklief, ins Bett sprang und mir die Decke über den Kopf zog. Was wollte mein so schöner junger Vater mit einer alten Frau wie der! Und warum gingen alle diese Leute da unten nicht endlich nach Hause, damit der Weihnachtsmann kommen konnte? Ich lag noch stundenlang wach und lauschte, daß sie gingen, und end-

lich sagte mein Vater das letztemal gute Nacht, und ich hörte ihn die Treppe heraufkommen und leise die Tür aufmachen, um einen Blick auf mich zu werfen; ich tat aber so, als schliefe ich.

43

Dann passierte verschiedenes, was mich die ganze Nacht wach hielt. Zuerst die Schritte, die Geräusche meines Vaters, der immerzu die Treppe herauf- und hinunterlief und dabei schwer atmete.

Ich mußte unbedingt sehen, was er da vorhatte. Also versteckte ich mich auf dem Söller unter der Bougainvillea. Von dort aus konnte ich alles übersehen, das ganze Wohnzimmer, den Weihnachtsbaum und den Kamin, in dem immer noch ein mattes Feuer brannte. Dazu konnte ich auch meinen Vater sehen. Er kroch unter dem Baum herum und baute dort eine Pyramide von Paketen auf. Da sie

in Seidenpapier eingewickelt waren, purpurnes, rotes und goldenes, weißes und blaues, raschelten sie, wenn er sie herumschob. Mir war fast schwindlig, denn was ich da sah, zwang mich, alles gründlich zu überdenken. Wenn das Geschenke waren, für mich bestimmt, dann waren sie offenbar nicht von Gott dem Herrn bestellt worden und vom Weihnachtsmann geliefert; nein, es waren Geschenke, gekauft und eingepackt von meinem Vater!

Was wiederum bedeutete, daß mein ekliger kleiner Vetter Billy Bob und andere eklige Mitkinder nicht gelogen hatten, als sie mich verspotteten und behaupteten, es gäbe gar keinen Weihnachtsmann. Der schlimmste Gedanke aber war: Hatte Sook die Wahrheit gewußt und mich angelogen? Nein, Sook nicht, Sook hätte das nie und nimmer getan. Sie *glaubte.* Sie hatte ganz einfach – nun, obwohl sie schon an die sechzig Jahre zählte, war sie in mancher Hinsicht ein ebenso großes Kind wie ich.

Ich blieb auf meinem Ausguck, bis mein Vater seine Plackerei beendet und die wenigen Kerzen, die noch brannten, ausgeblasen hatte.

Ich wartete noch, bis ich die Gewißheit hatte, daß er zu Bett gegangen und fest eingeschlafen war. Dann schlich ich mich leise nach unten ins Wohnzimmer, das im-

mer noch nach Gardenien roch und nach Havannazigarren.
Dort setzte ich mich hin und dachte: Nun werde ich es sein müssen, der Sook die Wahrheit sagt. Wut kam in mir hoch und breitete sich aus, eine unheimliche Gehässigkeit. Sie richtete sich nicht gegen meinen Vater, obwohl er ihr Opfer werden sollte.

Als die Dämmerung kam, untersuchte ich die Schildchen, die an den einzelnen Paketen hingen. Auf allen stand: »Für Buddy.« Nur eins hatte die Aufschrift: »Für Evangeline.« Evangeline war eine ältliche farbige Frau, die den ganzen Tag Coca-Cola trank und drei Zentner wog; sie führte meinem Vater den Haushalt – und bemutterte ihn auch.

Ich beschloß, die Päckchen zu öffnen. Es war Weihnachtsmorgen, ich war schon wach, also warum nicht? Nun will ich nicht mit der Beschreibung langweilen, was alles drin war, bloß Hemden, Pullover und anderes ödes Zeug.

Das einzige, was mir wirklich ge-

fiel, war eine klasse Spielzeugpistole mit Ballerplättchen. Und irgendwie kam mir der Einfall, es wäre doch ein Mordsspaß, wenn ich meinen Vater damit weckte. Also feuerte ich sie ab: *Peng! Peng! Peng!*

Er kam aus dem Zimmer gerast, mit wilden Augen.

Peng! Peng! Peng!

»Buddy – was zum Teufel versprichst du dir davon?«

Peng! Peng! Peng!

»Hör auf damit!«

Ich lachte. »Schau doch mal, Papi. Sieh mal all die wunderschönen Sachen, die der Weihnachtsmann mir gebracht hat!«

Er beruhigte sich, kam herein ins

Wohnzimmer und nahm mich in den Arm. »Gefällt dir denn, was der Weihnachtsmann dir gebracht hat?«
Ich lächelte ihn an. Er lächelte zurück. Es war ein zarter, schwebender Augenblick, der aber sofort in Stücke ging, als ich sagte: »Ja. Aber was krieg' ich denn von *dir* geschenkt, Papi?« Sein Lächeln verflog. Sein Augen verengten sich argwöhnisch – man sah direkt, daß er dachte, ich nähme ihn irgendwie auf den Arm. Aber dann wurde er rot, ganz als schämte er sich des Gedankens, den er gehabt hatte. Er tätschelte mir den Kopf, hüstelte etwas und sagte dann: »Nun, ich hab' mir gedacht, ich lasse dich

selber aussuchen, was du gern willst. Hast du vielleicht einen besonderen Wunsch?«

Ich erinnerte ihn an das Flugzeug, das wir in dem Spielzeugladen an der Canal Street gesehen hatten. Er machte ein langes Gesicht. O ja, er erinnerte sich – an das Flugzeug wie an seinen hohen Preis.

Gleichviel, am nächsten Tag saß ich in meinem Flugzeug und träumte mich in die Wolken, während mein Vater einem strahlenden Händler einen Scheck ausschrieb. Wegen des Transports nach Alabama hatte es noch eine kleine Debatte gegeben, aber ich blieb hart – ich bestand darauf, daß es mit mir in dem Bus reisen müsse, den ich am Nachmittag um zwei nehmen sollte. Der Händler arrangierte das mit einem Anruf bei den Verkehrsbetrieben, die sagten, das ließe sich alles ganz leicht machen.

52

Aber ich hatte New Orleans noch nicht hinter mir. Das Problem war eine große silberne Fuselflasche; vielleicht lag es ja an meiner Abreise, jedenfalls hatte mein Vater diese Flasche schon den ganzen Tag lang an den Mund gesetzt, und auf dem Weg zur Bus-Station erschreckte er mich mit einem harten Griff um mein Handgelenk und den heiser geflüsterten Worten: »Ich lasse dich nicht weg. Ich kann dich nicht wieder zu dieser irren Familie zurückfahren lassen, in dieses irre alte Haus. Schau doch bloß, was sie mit dir gemacht haben. Ein sechsjähriger Junge, fast sieben, und glaubt noch an den Weihnachtsmann! Es ist alles deren Schuld – all diese säuerlichen alten Jungfern mit ihren Bibeln und ihren Stricknadeln – und dann die versoffenen Onkels! Jetzt hör mir mal gut zu, Buddy. Es gibt keinen Gott! Es *gibt* auch keinen Weihnachtsmann!« Er quetschte mein Handgelenk so heftig, daß es mir weh tat. »Manchmal, o mein Gott, denke ich, deine Mutter und ich, wir beide müßten uns aufhängen dafür, daß wir's soweit haben kommen lassen ...!« (Zwar hat dann er sich nicht umgebracht, aber meine Mutter: sie ging den Seconal-Weg, vor jetzt dreißig Jahren.) »Gib mir einen Kuß. Bitte. Bitte! Gib mir einen Kuß! Sag deinem Papi, daß

du ihn liebhast!« Aber ich konnte nicht sprechen. Ich hatte eine Heidenangst, daß ich den Bus verpassen könnte. Und ich machte mir Sorgen um mein Flugzeug, das auf dem Dach des Taxis festgebunden war. »Sag's: ›Ich hab' dich lieb.‹ Sag es. Bitte. Buddy. Sag es!« Zu meinem Glück war unser Taxifahrer ein gutherziger Mann. Denn wenn seine Hilfe nicht gewesen wäre und die Hilfe von ein paar zupackenden Gepäckträgern und von einen freundlichen Polizisten, ich weiß nicht, was passiert wäre, als wir bei der Station ankamen. Mein Vater war so wacklig auf den Beinen, daß er kaum gehen konnte, aber der Polizist sprach beruhigend auf ihn ein und stützte ihn, und der Taximann versprach, ihn sicher wieder zu Hause abzuliefern. Mein Vater wollte freilich nicht weg, bevor er gesehen hatte, daß ich mit Hilfe der Träger im Bus gut untergebracht war.

Kaum war ich im Bus, so verkroch ich mich in meinem Sitz und schloß die Augen.
Ich spürte den allerseltsamsten Schmerz. Einen zermalmenden Schmerz, der überall weh tat. Ich dachte, wenn ich vielleicht die schweren Stadtschuhe auszog, diese marternden Ungeheuer, dann würde mir leichter sein. Ich zog sie aus, aber der geheimnisvolle Schmerz verließ mich nicht. Eigentlich hat er mich nie wieder verlassen und wird es auch nie tun.

Zwölf Stunden später lag ich zu Hause im Bett. Das Zimmer war dunkel. Sook saß neben mir, schaukelnd in einem Schaukelstuhl, und das Geräusch, das er machte, klang lindernd und besänftigend wie das Rauschen des Meeres. Ich hatte ihr alles zu erzählen versucht, was geschehen war, und erst innegehalten, als ich heiser war wie ein heulender Hund. Sie strich mir mit den Fingern durchs Haar und sagte: »Aber natürlich gibt es einen Weihnachtsmann. Nur ist es einfach so, daß kein einzelnes Wesen allein das alles machen könnte, was er machen muß. Deshalb hat der Herr die Aufgabe auf uns alle ver-

teilt. Und deshalb ist jeder von uns der Weihnachtsmann. Ich bin's. Und du bist es auch. Sogar dein Vetter Billy Bob ist es. Jetzt leg dich mal schlafen. Zähl die Sterne. Denk an ganz stille Sachen. Zum Beispiel den Schnee. Es tut mir leid, daß du keinen zu sehen gekriegt hast. Aber jetzt fällt er in den Sternen …« Die Sterne funkelten, Schnee wirbelte mir durch den Kopf; das letzte, an das ich mich noch erinnern konnte, war die friedvolle Stimme des Herrn, die mir etwas mitteilte, was ich tun müßte. Und am nächsten Tag tat ich es. Ich ging mit Sook zum Postamt und kaufte eine Penny-Postkarte. Diese Karte existiert heute noch. Sie wurde im Bankschließfach meines Vaters gefunden, als er letztes Jahr starb. Und hier ist, was ich ihm geschrieben hatte: *Hallo Pappi, hoffendlich geht es dir gut, mir geht es prihma und ich kann mein Fluchzeuch schon so schnell treten, das ich bestimt bald am Himmel fliege, deshalb kuck bitte immer nach oben, ja und ich hab dich lieb, dein Buddy.*